名流詩叢 15

〔希臘〕柯連提亞諾斯（Denis Koulentianos）◎著

李魁賢◎譯

# 希臘笑容

## Greek Smile

神祇　古代希臘神祇
活在人間　但不在
神祕的幽暗神廟內
祂們偏愛光
與春天手牽手
在鄉村散步

# 作者簡介

　　柯連提亞諾斯（Denis Koulentianos, b.1935），
生於比雷埃夫斯（Piraeus）港市。畢業於當地的聖保
羅學院、雅典公共關係研究所，遊學英美，獲英國
布蘭特里吉森林學校心理學博士、美國坎薩斯大學哲
學文憑。身為詩人、翻譯家，參加近三十個國際社
團，活躍於世界詩壇。出版詩集有：《抒情的極致》
（1956）、《耶穌如是說》（1959）、《運弓法》
（1962）、《橋》（1965）、《詩選集》（1972）、
《箴言集》（1976）、《實體》（1979）、《在雙

子座命宮》（1981）、《基特拉島慕情》（1987）、
《紫羅蘭與匕首》（1989）、《圖像集》（1992）、
《我負於詩》（1994）、《希臘笑容》（1996）、
《兩位瑪麗》（2004）、《認同要素》（2008）等。
現為國際桂冠詩人聯合會榮譽副會長。

# 普世訴願　Universal Appeal

## ——代自序

這是我的訴願

（幸而不只是我的）

合作與和平

我希望幸福的未來

美好的未來

支持和鼓勵我

這是我的理想

跨越海陸

擁抱所有人民

稱呼他們兄弟姊妹

這是我的義務

是普世負擔的義務

我要像戰士遵守

今天事今天做

追求幸福的未來

我們亟需實實在在

美好的未來⋯⋯

我看到年輕媽嗎

懷抱著嬰孩

我看到年輕情侶

在公園裡卿卿我我

我想沒有人能擅自

剝奪他們生活的權利

不准他們笑和成長

愛和被愛

有些人說　我們同樣需要

麵包　玩具　承諾

我們為同樣事物奮鬥

在商店　磨坊　工場

我們不能僅滿足於意願

要講求策略實現志願

此時此地德行的方略

需要道德的實踐

我們大家一起握手

白人　黑人　黃種人

我們該在老天爺面前

一起雙膝跪下

此時此刻　具體實現愛

實實在在的事是

良知　體貼　行善

熱心　真誠　公正

我們要排除自私自利

此時此刻　我們需要

簡樸　誠實　仁慈

兄弟姊妹　我從希臘

寬宏又智慧的家鄉

向你們致意

我相信智慧導致寬宏

但二者之外

我們需要愛添輝完美

科學有賴心靈

使用邏輯的語言

但科學無益心的成熟

至高無上的是感情

需要回到生命的價值

此時此刻

# 譯　序

　　希臘是西方文明的發源地，荷馬的史詩即西方文學的重要傳統之一；此外，警句詩也是西方文學另一耀眼的成就，大約是從希臘文明的「愛智」性格—重理性思辨，輕感性抒情—衍生出來的吧！一部《希臘詩選》（800 BC～1000 AD），包括三千七百首警句詩、歌謠和墓誌銘等，在一千八百年間一脈相傳。

　　現代希臘詩人出了不少縱橫國際詩壇的名家，在我編譯的《歐洲經典詩選》二十五冊當中，網羅了卡瓦菲（Constantine Cavafy, 1863～1933）、塞弗里斯（George Seferis, 1900～1971）和黎佐斯（Yannis Ritsos, 1909～1990）。還有例如 1979 年獲得諾貝爾文學獎的埃利蒂斯（Odysseus Elytis, 1911～1996）等，我還無暇顧及呢！

與鄧尼斯‧柯連提亞諾斯（Denis Koulentianos, b. 1935）結識，溯自 1985～86 年間，我們同在紐西蘭的詩刊《Rhythm and Rhyme》發表詩，他自動把我的詩譯成希臘文，在 1987 年兩次印成摺頁書（Chapbook）發行，十年後他又陸續在希臘的文學雜誌《Kytherian Idea》等發表拙作的希臘文譯本。

　　基於國際詩交流應該雙向溝通的理念，我也把柯連提亞諾斯的詩譯了一輯，發表在《笠》詩刊 195 期（1996.10.15）。到 2009 年他竟然在希臘出版了一冊《柯連提亞諾斯詩集 1》，以我的十六首漢譯，加上他的希臘文原作和英譯，又找到也是我的朋友俄羅斯詩人隋齊柯甫（Adolf P. Shvedchikov）譯成俄文，共有四種語文的詩集，非常特殊。

　　由於秀威資訊科技股份有限公司對國際詩交流的重視和熱心支持，我就把柯連提亞諾斯的詩以其詩集《希臘笑容》的英譯為本，再擴大翻譯成為漢譯的增訂版。由這些詩的選譯，充分顯示柯連提亞諾斯的創作，承繼希臘警句詩或哲理詩的傳統，表達作者的理

念，文字簡短精幹、要言不煩，當然對意象的經營，就非其著力的部分。

　　柯連提亞諾斯也頗喜短歌和俳句的寫作，大概是日本這種傳統詩的精簡，正符合他的風格，另一方面也顯示短歌和俳句的風潮，在世界各國仍有不少的愛好者。當國內有些詩人刻意在意象上，弄得過度繁複，以致渾沌不明，甚至因杜撰曖昧的辭句而得意忘形之際，閱讀思慮澄明的另類詩篇，自然另有一番滋味吧！

*2010.03.21*

希臘 笑容

# 目次

# 邂　逅
## *A Meeting*

我首度在基特拉島遇見妳

裸身又煽情

我說是這個地方

就走開了


但第二次

妳在雅典對我微笑

昔日的我不慌不忙

昔日的我不　毫不

# 奇　蹟
## *A Miracle*

主啊　我請求出現奇蹟

讓我找到正確的道路

走出我複雜人生的

門檻


我走在危險的地區

尋找神聖的光

但我的搜尋枉然

因為夜快速降臨


主啊　我請求出現奇蹟

只要一次就夠

我保證日夜歌唱

祢的榮耀

# 質問戰爭
## *A Question about War*

上帝啊　為什麼那麼多血

那麼多屠殺

毫無理由和原因

為什麼

當時刻一到

野蠻殺戮的時刻

審判的時刻

對倖存者

慷慨授予

榮譽和勳章

而歷史學家

卻要在書上加無數篇幅

血跡斑斑的篇幅

主要是為了其他人

那些陣亡者

# 污　點
## *A Stigma*

獨自在山岡上

我試圖看

祢神聖的臉

我是無用的小污點

在祢龐大的世界

不起眼的一點

尋求存在的

證明

# 展　望
## *A View*

詩生活

三十來年之後

有何好處

只是厭煩

和嘲弄

還不如當一名

店員

# 我活著嗎
## *Am I alive*

妳回來啦

花盆裡

沒有鮮花

日落

在我們當中

歌沒有地位


守著孤獨

成為習慣

痛苦也就不在了

只有時間是

我們哀愁

的殺手

接著而來的

問題是

我活著嗎

# 忠 告
## *An Advice*

此刻生活要飽滿

朋友　這是你的忠告

我喜歡　我照做

但時間過得真快

我唯一的希望　夢想

沒有勝利　沒有未來

我孤孤單單

被大家遺忘了

# 箴言 之一
## *Aphorisms*（Ⅰ）

在原罪以前

是罪人

我為此渴求

然後　我維持不變

因為我必須記住原罪


＊　　　＊　　　＊


時間　是歷史的故事

歷史　是詩人的故事

人的生命

神的玩具故事


＊　　　＊　　　＊

是你　是我

鏡子說　是的

但　經多少年


＊　　　＊　　　＊


我希望很多

我等待很少

我接受全部

# 箴言　之二
# *Aphorisms*（Ⅱ）

偉大之中的

偉大真理只有一個

偉大的謊言

則是大家有份


＊　　　＊　　　＊


淨水

是給喝的

真理　讓人活下去


＊　　　＊　　　＊

拒絕生命

是原罪之中

最大的原罪


\*　　　\*　　　\*


全部藏在

「可能」的背後

神　　自由　　生

　與死


\*　　　\*　　　\*

卿卿　我愛妳

非為我　非為妳

只為了愛情

　　　　　*　　　*　　　*

有結束的夢

不是真正的夢

　　　　　*　　　*　　　*

我喜歡我所喜歡的

我討厭為別人

勉強去喜歡的


　　　　　*　　　*　　　*


真的　如果妳是天空

星星在哪裡


　　　　　*　　　*　　　*

死亡代價高

不要有第二次

# 箴言 之三
## *Aphorisms*（Ⅲ）

孤獨的最好朋友

並非　另一個孤獨

＊　　　＊　　　＊

今天時間用在行善

明天全忘光

＊　　　＊　　　＊

人的義務不只是

他自己的事　而是

要向世界證明

*　　　*　　　*

希臘神祇不僅在天國

隱藏在每一位希臘人心中

*　　　*　　　*

妳的幸福和我的幸福

很難成為　我們的幸福


＊　　　＊　　　＊


沒有死神　只有觀念

和夢想死神存在


＊　　　＊　　　＊

生命的意義何在

可是　為什麼問這個笨問題


*　　　*　　　*


女人知道如何愛

可能少　卻實踐很多


*　　　*　　　*


要畏懼神

但人更可怕

人是野獸

# 箴言 之四
## *Aphorisms*（IV）

愛情是詩人的語言

\* \* \*

零　一個大圓圈　但我們的
位置在哪裡　圈內或圈外

\* \* \*

要生活美好
不需要求很多
擁抱一下　吻一下　笑一下

夠啦

事情簡單卻很親密

＊　　　＊　　　＊

希望最後才死

與我們共存亡

＊　　　＊　　　＊

沒有宗教我們可以活

沒有教義卻活不下去

＊　　　＊　　　＊

女人先是愛她的情人

然後愛愛情本身

最後　她愛上

別的女人的情人


＊　　　＊　　　＊


請成為我耳內的歌

我眼中的光

我臉上的吻

此後我們的交情通路

才會成為現實

# 藝術修辭學
## *Art Rhetoric*

我說那是為了愛

他們譏笑

第一位是部長

另一位是屠夫

無適當重音

我如何處理

我下決心研究

藝術修辭學基礎

# 此　時
## *At This Time*

情人啊　當妳

敲我的門

我不在　出國了

等我打聽妳

卻不知道地址

此時　情人啊　我

從清早就留在家

門全開

等著

此時

我未夢想去樂園旅行

如果看似我在家

是因為　情人啊

沒有地方可以存在

# 更 好
## *Better*

恨比冷漠
更好
愛比恨
更好

# 簡　介
## *Bio-data*

我研究

名人的傳記

想到　人人不同

多麼幸福

# 真　冷
## *Cold it is*

真冷　妳怯怯

對我說

妳的眼睛尋找

遠方的世界

我知道　我必須

再向妳說明

一切關於

友情和愛情

# 自 白
## *Confession*

　　我愛過妳

　　不是為了妳

　　從未給過的承諾

　　不是為了妳的吻

　　深藏在嘴唇的

　　密室內

　　我愛過妳

　　是為了那動人的微笑

　　什麼也沒說

　　就是一個天堂

# 我們呢
## *Do We*

真的　神存在

我們呢

# 眼見為憑
## *Eye-Facts*

妳的手指在鋼琴上

花在花瓶裡

我的眼睛

在搜尋妳的眼睛

凡事都有定位


音符飛躍

花凋謝

我的眼睛只好歇息

還是會活著繼續

搜尋妳的眼睛

# 花 卉
## *Flowers*

我門生活的世界

謊言又虛偽

連你的花卉

也是塑膠花

# 為了人生和詩
## *For Life and Poetry*

在學習愛情的作風之前

我們打聽世界詩

詩遠遠超出

我們所有的期待


我還沒有說出一切

人喜歡一個靠一個

休息和睡覺

保留神聖的靜默


在這個角落裡

我翻看文件和照片

我必須趕緊去

繳納的賬單

人生是什麼

徒然浪費的時間

或是最嚴肅的事務

以及詩　還有什麼

# 關於詩
## *For Poetry*

**1**

詩不是聲音

是笑容　吻　歌

我們的鮮血流過

田園和海洋

心和希望

我們的鮮血正暢流

不停　不凝固

無障礙

直到擺脫

慾望

直到（沒有詩

和心靈）拼寫

最後痛苦的

「完啦！」


**2**


只有當我

過著詩生活

我才停止寫作

和作曲

**3**

對短暫的詩

和對世紀的詩

能夠相比較的是

我長期的沉默

# 愛的短詩（四章）
## *Four Poems for Love*

**1**

愛是給

不是取

給不必等

償還

若別人回應

你會高興

否則

最好全忘

**2**

愛出乎「必須」
「必須」有限度
愛位在心的
深淵　在無際的
藍海裡

**3**

愛　是神介入
凡人的俗務


**4**


愛　對男人
是最好的證明
神存在

# 四短詩
## *Four Poems*

**1**

奴隸的故事未了

我們奴役於

人　因有

夢


**2**

宗教不只服務

信徒

更加服務神職人員

因為上帝的愛

是心靈的個人事務


**3**


佛教教導

如何思索善

基督教教導如何行善

故彼此趨近

**4**

賺錢

太難了

管錢

難上加難

# 再　會
## *Good-by*

三月急急跑得無影無蹤

對所有朋友說一聲拜


生命也走啦　　拋下

混亂　戰爭　血腥和哭聲


我離棄自己　　不知道

何處及何時有傷口


我一路像唐吉訶德

遠離白天的悲情

沒有地方可停留歇憩
沒有時間可以集會

# 晚　安
## *Good night*

在電影院內　我和妳

一個捱著另一個

一個碰著另一個

可是當影片結束

離開院廳後

沒有人禮貌地

道一聲　晚安

# 俳 句（十五則）
## *Haiku*

### 1. 最後一個吻 A Kiss Last

想念我一下

總共算來不過是

最後一個吻

### 2. 只道晚安 Only a Goodnight

臨決定時刻

情怯怯絮絮低語

只道晚安聲

## 3. 只有海 Only the Sea

天空借妳眼

做為溫床可歇息

海留給我們


## 4. 溫　柔 Tenderness

當我告訴她

溫柔這個字意義

她要借字典

## 5. 在深處　In the Depth

在池塘深處
隱藏著無人尋獲
偉大的愛情


## 6. 我的生命　My Life

池塘裝滿了
所有積留的眼淚
是我的生命

## 7. 池塘上面　On the Pond

在池塘上面
小麻煩是要找到
一個立足點

## 8. 我　想　I Think

學問無止境
可以類比理解到
慈善無國界

## 9. 笑　容　A Smile

最強的武器
每每屢試不爽　是
女人的笑容


## 10. 生　命　Life

生命無非是
大風大浪的海洋
我們的夢想

## 11. 偉大真理　Great Truths

偉大的真理

是大人物對大眾

偉大的謊言


## 12. 像其他人　Like Others

我真不喜歡

像其他人那樣愛

其所愛之物

## 13. 初　雪　The First Snow

每年的初雪

在春天花開時節

並非在寒冬


## 14. 我的腳　My Feet

我的腳固定

在生於斯的大地

可一同轉動

## 15. 我的早安　My Good morning

唇　甜蜜春天

愛情　熱烈如炎夏

妳　我的早安

# 幸　福
## *Happiness*

別要求幸福的日子

金錢或名望

尋求更多微笑

更多秩序

最重要的是

樸實

# 海倫娜
## *Helena*

妳離開了　滿懷

我最好的詩篇

如今獨自守著夜

沒關係　留在那裡

當妳為此等選擇

弄得累了

我會再給妳

滿抱的新詩篇

# 如　何
## *How*

啊　小女孩

妳隨春天

來到

但我如何

永遠保有

妳們二者

如今

在妳眼中

我的笑容能

找到一個地方

與妳同在

# 多麼可憐
## *How Poor*

如果我的詩

不過是飾物

我會多麼可憐

天啊

# 我　是

**I am**

我的內面　石頭

看來像一隻貓

微笑　青春美夢

舊日的經驗

我的內面　整體

而且無限大

世界圍繞著我們

就憑這樣　我證明

此處和各地

有祢聖名　主啊

# 在妳內面
## *Inside You*

我脫離我的生命

我恨這時空

只靠計算

我心靈的碎片

救援就來了

我知道會永遠留下

一個句點

潮打貝殼的

一個幻影


我脫離我的生命

在妳內面

# 是　我
## *It is me*

有一顆星星

在天上

可能是我的夢

可能是我

# 天冷了
## *It was Cold*

路易絲走出

鄉愁的監牢

不是鳥

也不是風

只是十六歲的

女孩


無人知道

她的去向

她穿戴我們的白天

我們的夜晚

一個夢

神聖的沉默

她穿戴我們的愛

因為天冷了

# 僅僅是寓言
## *Just a Fable*

我要一個男人

他們笑　他們叫喊

各種各樣和

不同國籍的人

許多男人和女人

伸出手

一個接著一個


我走過去


我要一個男人

撫摸他的頭

他的手　在他的唇上

永遠留下我的心靈

這個男人要強壯

如我貧窮鄉下的

高山

教導我沉默


我要一個男人

有多快樂

不然　我不得不

回想在希望的

街上冒險

因為這個男人可能

僅僅是一個寓言

# 紙上的吻
## *Kisses of Paper*

我今天接到

妳紙上的留吻

裝在信內

多甜蜜　多溫柔


那特殊的時刻

我沒有其他好事

沒有朋友想到我

也沒有親戚


我愛　我只有

妳留在紙上的吻

多甜蜜　多溫柔

# 深　心
## *Le Profundis*

神啊　祢找我時

我不能走開

正如渴雨的田園

兩唇求一吻

我要等待

為了長遠的旅程

到烏有之鄉

對的　神啊

好奇到不眠不休

我要等待

# 局部化
## *Localizations*

紅花

藍雲

含淚的眼睛

真珠

在造物主榮冠上


紅是崇拜

藍是希望

透明的真珠

是犧牲

# 路易絲
## *Louise*


路易絲是一朵花

在沒有明天的花園裡

她後來變成一位女孩

充滿假性記憶

從此我所見到的女孩

都有她的名字

否則怎麼能稱為女孩


路易絲是全部花朵

全部女孩都有眼淚

在眼睛裡忘記擦拭

她是吻和承諾

心靈奇異問題的

重大且永恆的理由

# 愛
## *Love*

我所崇拜

唯愛而已矣

但他們所拒絕

也不過是愛

何時我們才是愛的

真正親戚

# 愛是
# *Love is*

愛是

站在雨下

與雨交友

與雨共舞


愛是

男孩的足球

破椅子

停止的鐘

無光的太陽

也是愛

我愛男女的

一切事項

研究他們的語言

和他們握手

我無法把

世界的心靈

從我的心靈分開

# 唯有人
## *Man Only*

唯有人才會救人

要是他肯費心

一個字　一個微笑

一塊麵包　一些酒


唯有人　在聖像背後

沉默成為聖人

雲滿天

即將下雨


人拒絕向他人伸援手

永遠不必稱兄弟

# 馬麗娜
## *Marina*


先是女郎

然後是聲音

後來是幻影

故事從何時算起

# 記　憶
## *Memory*

記憶是快樂兩三天

直到冬季蕭瑟降臨

慶喜兩三天

直到寫出「結束」

俟寒冷　孤單接著

獨處之後　她也照做

# 音 樂
## *Music*

音樂不過是

心靈的阿司匹靈

# 我的生命
## *My Being*

我在我的生命之外

我不喜歡空間和時間

還不如計算

我心靈的碎片

做為逃逸的途徑


我知道　沒有止境

在好奇的世界大眼前

只好我改變

我只是妳小指上的

一塊石子

我活在離妳內在

數哩之遙

且為妳而存在

# 我有負於詩
## *My Debt to Poetry*

詩教導我

寬恕和希望

熱情和思想


她從小接受我

當時我還不會

算數和認人

還不會抬頭走路

挺胸自豪

像一位自由希臘人


因此我有負於詩

我能記錄的事物

和那些感情

還是隱藏在

我的心靈深處

如果沒有詩

我就是不結果的樹

不滿足的夢

在神界裡

沒有價值的造物

神有賴我們

呈現祂的存在

祂的釋罪

# 我的信仰
## *My Faith*

我相信真理

為此尋尋覓覓

我相信美

加以崇拜

我相信愛

神聖三位一體的

第三聖潔者

# 我的小小天堂
## *My Little Paradise*

我的小小天堂

在那邊

花卉的旁邊

當主

詢問我

我立刻前往

說明我的原罪

我的原罪是

那位長髮女郎

她喜歡

單獨散步

我的原罪在她的手

她的唇和她的胸部

她身上的每一點

她口中的每一句話

她心上的每一個念頭


我的小小天堂

在神的旁邊

沒有命名

在雲層之上

已經好幾世紀好幾世紀

又好幾世紀

# 外 套
## *My Overcoat*

她太靠近過來

太靠近我

直到她變成

我的外套

# 我的復活
## *My Resurrection*

屋裡空空洞洞

我看了不發

一語　對誰說

大家出遠門了

再會吧


屋裡空空洞洞

舊照片

連同我們一切記憶

從另一時代的

光榮過往拿掉了

屋裡空空洞洞

我保存心靈

唯一最好的朋友

有一天我可有

個人的復活

# 太多不好
## *Not A Lot*

太多宗教

不好

就像服用

過多阿司匹靈

# 用 腳
## *On Foot*

末班車

又是客滿

我們不得不

只用腳

與愛偕行

# 只談愛
## *On Love Only*

主啊　教導我去愛

人啊　讓我去愛


從真理之愛

我寧願愛的真理


愛不是奇景

是心靈的重建

寧靜的革命

# 一個真理
## *One Truth*

真理

只有一個

你要就拿著

走吧

# 和 平
*Peace*

和平喲　妳的歌

有千聲在歡唱妳的歌


我的心愛　為什麼

妳喜歡躲在祕密的地方


所有人民都喜歡妳

只有少數反對妳


神性的和平喲

男女純粹的心都禮讚妳

# 筆　友
## *Pen Pal*

好可惜　幾百封信

要收　要讀

只有你的一則紙上記憶

卻錯過

# 詩　篇
## *Poems*

感謝妳要求

我創作的詩篇

我注意妳的眼睛

細加修飾

但如果妳掉眼淚

就會滾到地面


今後為取悅妳

我的小心靈只會笑

不會悲傷

不會流淚

如何會當重寫

如此精采的詩篇

# 滿　意
## *Satisfaction*

親愛的　謝謝妳

不是因為妳給了什麼

而是因為妳留下什麼

# 那麼多
## *So Much*

今晚我要求妳

那麼多

像雨　像神

像死亡　還更多

# 想東想西
## *Some Thoughts*
——致印度女詩人卡娜卡・杜爾嘉

**1**

我的二項品德

微笑和希望

**2**

我愛妳

不只是因為妳愛我

而是因為

遠遠超乎一切的

妳稱呼我男子漢

**3**

我們需要二者
生活中的詩
愛情中的瘋狂
如此而已

**4**

什麼事都
偉大又美妙的是
有夢的小孩

## 5

符號管制我們生活
不論願意不願意
我們都是
共濟會會員

---

註：共濟會是以互助、友愛為目的而結社的團體。

**6**

我無所求
但是否必須先
要求接受


**7**

愛情離邏輯太遠
你要付出的
不是全有　就是全無

## 8

女人愛我們
是我們有什麼
而非我們是什麼
所以　我們努力
擁有愈多愈好


## 9

我愛妳的笑容
但我更愛
妳的淚

**10**

妳的存在
若非在我心中
就一無是處


**11**

我什麼都給妳
好讓花充填
我的孤單

**12**

神啊

請從我的救援者

接手救救我

也盡量出手救救

我的救援者


**13**

女人常寬恕壞丈夫

卻永遠不原諒

壞情人

## 14

對妳的賜予
感謝不盡
對妳的承諾
敬謝不敏


## 15

我不相信我的存在
來到世界
可能是錯誤一場

## 16

女人不需要我們時
就不會愛我們
而女人需要別人時
就不再需要我們

# 特殊的夜
## *Special Night*

此夜

此特殊的夜

妳和我

我們能夠

征服這個世界

# 短　歌（四則）
## *Tanka*

### 1. 錯　過　Lost

妳看到太陽

正好是我的夜裡

我在暗夜中

正好妳白日當頭

我們正錯過

### 2. 沒有眼睛　No Eyes

此時我們有

處處花卉和群星

然而問題是

我們卻沒有眼睛

可盡情觀賞


## 3. 什麼　What


短歌哲學是

拔得頭籌寫下來

最好的感覺

有充分權利要求

死亡的智慧

## 4. 我以為　I Thought

原先我以為

愛情是最佳選擇

如今我崇拜

犧牲小我的美德

盡責的善行

# 天使長
## *The Archangel*

我邀請上帝

奉獻給祂

一片麵包

和一杯葡萄酒

祂送我天使長

他來時

我打開他的寬翼

覆蓋我們的家

我不再

發邀請函

我始終留在家裡

大開家門

但天使長到別人家

我如今確定

他不會再回來

# 橋
## *The Bridge*

怨恨的河流把我們分開

我們所見是　無言　茫然

沒有人會想到

臨時搭橋

兩三根木頭

就可以了

或許足夠了

所以我們心連心

如同胞手足


午安　鄰居啊　你聽見我嗎

若是你要過河來

就叫我　我會等你

知道我們不需要太多

兩三根圓木　但要緊的是

我們倆想要過河

至於我　表親啊　我會等你

# 這日子　特殊的日子
## *The Day, that Special Day*

這日子　特殊的日子

我看到妳的眼睛在月亮上

我忘了時間　世界

我的小小生命

為什麼和怎麼樣


我的船

沒有港口停泊

沒有家可以把

我現在和未來的

青春美夢關在裡面

只有妳的眼睛和

這日子　特殊的日子

藉準備旅行到

無人之地

來調節命運

# 希臘神祇
## *The Greek Gods*

神祇　古代希臘神祇

活在人間　但不在

神祕的幽暗神廟內

祂們偏愛光

與春天手牽手

在鄉村散步


祂們和人民談話

和現代人一樣

古代希臘神祇正如

我們　同樣一切

幸運和錯誤

但在這樣困苦的日子裡

祂們寧願默默活下去

# 信
## *The Letter*

主啊　我要

寫一封信給祢

寫出我滿腹牢騷

可是手指無法

握筆而眼睛

飽含淚水

我要寫一封信

主啊　有很多話要說

但我的思想在室內

這裡那裡分散

因我的日常工作

感到疲累不堪

所以　信還留在

我的想像裡

而我的意見

只給自己留念

主啊　請寬恕我

再等一段時間吧

# 河 流
## *The River*

夜累極離開

榮耀的白天蒞臨

沒有人會在角落休息

對我們說一聲　哈囉


時間消逝　我們留下

穿著灰色衣裳

河流近在身旁　這條

靜靜的河流滾向何方


無人知道它的途徑

只等到達終點

無人知道它的未來

我們等待終點

# 路
## *The Road*

路是　雙線道

相隔幾公尺

一跳就過去了

但路卻好長

# 海
## *The Sea*

海　一位巨大老婦

活著只為了

她的情人　風

# 春天的祕密
## *The Secret of Spring*
——致詩人Antonios Drugas

是的　安東尼奧斯

春天有祕密

只有花

知道　還有

那位特殊的女孩

隨氣候唱歌


當你聽見了

朋友　請說吧

我會保持

眼光明亮

若聽到

春天的聲音

我就有了答案

　　我知道　我知道

# 祕　密
## *The Secret*

親愛的朋友兄弟

我替你保留

一個大祕密

前一天

月亮已經掉入

死亡湖裡

# 石 頭
## *The Stone*
──致詩人法蘭契斯科‧羅米奧‧
　古傑塔，Ferdinander學術院院長


我的心靈在神手中

是一塊石頭

隨祢高興做什麼都行

我對主說

蓋房子　或

丟到海裡去

只有一件事不要做

投擲我的兄弟


神把石頭

拿在祂的掌心裡

我看到

眼淚在地上滾

眼淚是給祂全體

孩子們的真珠

給我　給妳

給命運一視同仁

# 列　車
## *The Train*

我們的年少青春不過是

一行列車　無關緊要的遠景

所以當我們會晤的大奇蹟

來臨　什麼事也沒發生

我們第二次就

轉過身去

# 波 浪
## *The Waves*

藍調是波浪

有海的顏色

和太陽的喜悅


我試圖聽聽訊息

他們守著祕密

我從他們得到的是

千百個吻

# 備忘記事
## *Things to Remember*

你不是一個人

你不孤獨

你是我兄弟

我是你手足

你不活在當下

此時此刻

你的生命是過去

未來　也當然現在

　　　這不是你的地方

　　　這不是你的家

　　　你的地方　宇宙

　　　你的家　世界

# 思想 之一
## *Thoughts*（Ⅰ）


我不是學校教師

神職人員　智識份子

我只是一個聲音

一隻手　伸手要愛


\*　　　\*　　　\*


我重視且尊敬精神

但我酷愛心


\*　　　\*　　　\*

不要逐一計數

我的眼淚

我不是星星


*　　　*　　　*


我們周圍

有許多智慧的老師

我自修

是我錯了嗎


*　　　*　　　*

肉體如何從

心靈分離

如何能愛其一

而捨另一

# 思想 之二
# *Thoughts*（Ⅱ）

他想　說謊總比

有問題的真理好吧


\*　　　\*　　　\*


死神一再經過

我的門口

——不　謝啦

我沒事


\*　　　\*　　　\*

妳的美　我的大地

在我眼中

一律無始無終


＊　　　＊　　　＊


妳的名字

是我手中一顆星

我擁有也等於沒有


＊　　　＊　　　＊

一朵花　一曲歌

一個笑容

我只要這一些

此外無所求


＊　　　＊　　　＊


這龐大無際的世界

是我真正的家

我的安樂窩

# 思想　之三
# *Thoughts*（Ⅲ）

冥想有時是歌頌

有時是謀殺愛情

\*　　\*　　\*

我不願追隨

先知　革命家　覺者

我唯一的欲望是

隨真理走

\*　　\*　　\*

「我想要」的幸福

似乎成為

「我能夠」的不幸


      \*      \*      \*


對小河沒興趣

我更愛的是

大海和汪洋


      \*      \*      \*

我在等待奇蹟

但有時還是忽視

夢想的奢侈


＊　　＊　　＊


詩人和航海家

在同一線上

都是夢想的受害者

# 思想 之四
## *Thoughts*（Ⅳ）

「歲月過去了」
對其他人這是真的
對我們　是我們先走了
把歲月丟在後面

\*　　\*　　\*

生命是一則故事
有時不僅僅
一則故事而已

\*　　\*　　\*

世界上所有生物

都是一

人是唯一

*　　　*　　　*

我們的愛情

沒有窗口

只有關閉的門

*　　　*　　　*

詩不是

詩人的妻子

而是情人

# 思想 之五
## *Thoughts*（Ⅴ）

保持真理遠離眾人

只有對勇者才是真理

＊　　　＊　　　＊

我的兩項較大權利是

微笑和希望

＊　　　＊　　　＊

詩人　第一位不快樂的人

繆斯啊　請試試安慰他


＊　　　＊　　　＊


唯一高過慈善的是

為善不要人知


＊　　　＊　　　＊

無人愛我或恨我

但我因孤獨而快樂


\*　　　\*　　　\*


微笑就夠了

不需要其他禮物


\*　　　\*　　　\*

有上帝存在就沒問題
祂為我們的悲苦盡力
我們為祂的孤獨獻身


\*　　　\*　　　\*


上教堂和信仰
中間有差異
我寧願信仰


沒有花　　沒有玫瑰
在我詩人風塵的路上

# 一　同
## *Together*

妳喜歡光

我討厭黑暗

所以　我們之間

愛情萌芽時

就剩下

無黑暗無恐懼


我們手拉手散步

對太陽道早安

對月亮道晚安

與藍眼睛的人擁抱

記住　如今

全部是藍眼睛

因為他們

常常看海的緣故

# 太 遲
## *Too Late*

我孤孤單單

巴黎下雨

憂鬱的巴黎

塔　拱門　河

忙碌的女郎

卿卿

妳來何太遲

巴黎下雨

我正在等妳

# 美 德
## *Virtue*

美德

變成妓女

只為了賺錢

# 我們　被遺棄的窮人
## *We, the Poor among us, the Forsaken*

讓他們再回來　時代和

紀元（是的　這些日子我

學會了　現在我知道了）

讓他們再回來一次　時代和

紀元　當玫瑰整年綻放

當滿月始終照映在

湖面和海上

當夜鶯不停歌唱

羅曼史　當所有敵人

一起前進　手拉手

讓他們再回來　時代和

紀元　群星吟誦此事

以說話的聲音　風

在篠懸木中歌唱此事

讓他們再回來　當做

天庭酒宴中的賜福

讓全世界急於

等待他們來臨


他們不會為我們　被遺棄的

窮人而來　我們活在全然

毀滅的熱病中　世界

變成戰場　對我們窮人

他們不會來　無人會倖存

哭叫兄弟　鄰居

只有幽靈　毀滅的殘像

會在垃圾爆炸中大笑

# 好可悲
# *What a Misery*

大家望著月亮

我竟失去太陽

# 何　時
## *When*

我白天的行程

全部錯了

我夜間的行程

也該當有罪

主啊　我何時

才能面對生命

簡樸　自然

而且不排行程

# 我是誰
## *Who Am I*


孤立的軍隊

人民包圍

少數朋友

可能一位或絕無

有一艘船

在港口待發

前往何處


我可能在港口

與妳相遇

在一間酒吧內

然後　妳我在黑暗裡

我自己和我的天命

也就是妳

我不知道未來

只有神知道


妳我　彼此

相離那麼遠

那麼遠又那麼近

我是誰　寶貝

是妳還是我

# 字
## *Words*

我只知道

靠寫字

加以組合

形成子句

最後誕生

理念和愛

給男人與和平


我嘗試研究

其內在的意義

其擁有的

祕密真理

神的額外恩賜

尋求被

接受


我只知道

靠寫字

忘掉我辦公室牆上

我的所有獎狀

我豐富的經歷

只用來展示

語言文學類　PG0441

# 希臘笑容 Greek Smile

作　　　者/柯連提亞諾斯（Denis Koulentianos）
譯　　　者/李魁賢
責任編輯/林世玲
圖文排版/陳宛鈴
封面設計/蕭玉蘋

發 行 人/宋政坤
法律顧問/毛國樑　律師
印製出版/秀威資訊科技股份有限公司
　　　　　114台北市內湖區瑞光路76巷65號1樓
　　　　　電話：+886-2-2796-3638　傳真：+886-2-2796-1377
　　　　　http://www.showwe.com.tw
劃撥帳號/19563868　戶名：秀威資訊科技股份有限公司
　　　　　讀者服務信箱：service@showwe.com.tw
展售門市/國家書店（松江門市）
　　　　　104台北市中山區松江路209號1樓
　　　　　電話：+886-2-2518-0207　傳真：+886-2-2518-0778
網路訂購/秀威網路書店：http://www.bodbooks.tw
　　　　　國家網路書店：http://www.govbooks.com.tw
圖書經銷/紅螞蟻圖書有限公司
　　　　　114台北市內湖區舊宗路二段121巷28、32號4樓
　　　　　電話：+886-2-2795-3656　傳真：+886-2-2795-4100

2010年10月BOD一版
定價：220元
版權所有　翻印必究
本書如有缺頁、破損或裝訂錯誤，請寄回更換

國家圖書館出版品預行編目

希臘笑容 / 柯連提亞諾斯（Denis Koulentianos）
著. 李魁賢譯.-- 一版. -- 臺北市：秀威資訊
科技, 2010.10
　　面； 公分. -- (語言文學類；PG0441)
BOD版
譯自Greek Smile
ISBN 978-986-221-593-7(平裝)


883.551　　　　　　　　　　99016537

# 讀者回函卡

感謝您購買本書，為提升服務品質，請填妥以下資料，將讀者回函卡直接寄回或傳真本公司，收到您的寶貴意見後，我們會收藏記錄及檢討，謝謝！
如您需要了解本公司最新出版書目、購書優惠或企劃活動，歡迎您上網查詢或下載相關資料：http:// www.showwe.com.tw

您購買的書名：＿＿＿＿＿＿＿＿＿＿＿＿＿＿＿＿＿＿＿＿＿＿

出生日期：＿＿＿＿＿年＿＿＿＿＿月＿＿＿＿＿日

學歷：□高中 (含) 以下　　□大專　　□研究所 (含) 以上

職業：□製造業　□金融業　□資訊業　□軍警　□傳播業　□自由業
　　　□服務業　□公務員　□教職　　□學生　□家管　　□其它＿＿＿

購書地點：□網路書店　□實體書店　□書展　□郵購　□贈閱　□其他

您從何得知本書的消息？

　　□網路書店　□實體書店　□網路搜尋　□電子報　□書訊　□雜誌

　　□傳播媒體　□親友推薦　□網站推薦　□部落格　□其他＿＿＿＿＿

您對本書的評價：(請填代號　1.非常滿意　2.滿意　3.尚可　4.再改進)

　　封面設計＿＿＿　版面編排＿＿＿　內容＿＿＿　文／譯筆＿＿＿　價格＿＿＿

讀完書後您覺得：

　　□很有收穫　□有收穫　□收穫不多　□沒收穫

對我們的建議：＿＿＿＿＿＿＿＿＿＿＿＿＿＿＿＿＿＿＿＿＿＿＿

＿＿＿＿＿＿＿＿＿＿＿＿＿＿＿＿＿＿＿＿＿＿＿＿＿＿＿＿＿＿＿

＿＿＿＿＿＿＿＿＿＿＿＿＿＿＿＿＿＿＿＿＿＿＿＿＿＿＿＿＿＿＿

11466
台北市內湖區瑞光路 76 巷 65 號 1 樓

**秀威資訊科技股份有限公司**　　　收

BOD 數位出版事業部

．．．．．．．．．．．．．．．．．．．．．．．．．．．．．．．．．．．．．．．．．．．．．．．．．．．．．．．．．．．．．．．．．．．．．

（請沿線對折寄回，謝謝！）

姓　　名：＿＿＿＿＿＿＿＿＿　年齡：＿＿＿＿　性別：□女　□男

郵遞區號：□□□□□

地　　址：＿＿＿＿＿＿＿＿＿＿＿＿＿＿＿＿＿＿＿＿＿＿＿

聯絡電話：(日) ＿＿＿＿＿＿＿＿＿＿　(夜) ＿＿＿＿＿＿＿＿＿＿

E-mail：＿＿＿＿＿＿＿＿＿＿＿＿＿＿＿＿＿＿＿＿＿＿＿